诗

Xiron Poetry Club

重塑先锋精神，绘制崭新地图

——《中国先锋诗歌地图》首批五卷出版前言

里所 /“磨铁读诗会”主编

去年六七月份，由“磨铁读诗会”策划的“中国桂冠诗丛·第一辑”上市之后，沈浩波就和我说他想做一套按省份来编选的、能反映中国先锋诗歌地域生态的诗集。他的这一想法来自于在《新世纪诗典》上异军突起的广西诗人群，在广西诗人三个A不断地向《新世纪诗典》举荐之下，一群优秀而沉默的广西诗人浮出地表，展现出了广西先锋诗歌的真正实力。不仅仅是广西，在全国各地，那些沉默的优秀诗人都渐渐浮现出来，他们才代表着中国当代诗歌的真相。鉴于此，沈浩波与《新世纪诗典》主持人伊沙商议，决定策划一套《中国先锋诗歌地图》，首先出版五本，分别是北京卷、陕西卷、天津卷、广东卷和广西卷，为新世纪以来的中国先锋诗歌画一幅详尽的地图。

首批出版这五本先锋诗歌选，除了因为这五个省市的诗人于《新世纪诗典》上已经展现了强劲的整体实力，还因为在这五个省市都能找到最合适的主编人选。我们这次邀请的五位主编分别是：西娃、西毒何殇、君儿、湘莲子和三个A。邀请他们担任主编，一方面是对他们诗歌创作实力、先锋审美趣味和公信力的信任，另一方面，也考虑到他们都是最近几年越来越被所谓的诗坛重视的新一代实力诗人，代表着更新的诗人群体和视野。我们不希望永远将选编的权力用按资排辈的方式交给有老资格的“著名者”。

确定选题和主编之后，我们很快建了一个微信工作群，明确了编选细则，各位主编迅速展开工作。沈浩波和伊沙作为本套丛书的策划者均不干涉各卷主编的编选工作，在选稿上充分信任五位主编，完全采取“主编负责制”。事实证明，这五位诗人都完美地完成了选编工作，他们不仅有能力发现好诗、推举好诗人，更有魄力拒绝伪诗；同时他们还展现出了与本人的性格高度吻合的选稿特点。西娃的耿直、西毒何殇的严谨、君儿的稳重、湘莲子的认真、三个A的细致，他们五位的品格守住了这套诗集的价值标准：不以过往名气看待诗人，只凭近十年持续的创作；重视年轻诗人，广泛发掘新人的佳作；不固守某种单一的诗歌美学，在确保先锋性的前提下，博采众长。

“重塑先锋精神，为中国当代诗歌绘制崭新地图”，是我们出版这套诗集的初衷，这里所指的“先锋性”，除了这个词所特有的前沿、创新含义之外，我们还想扩大它的外延，将真诚、扎实作为我们考量和评价诗歌的标准。相对于空泛的抒情和叙述，我们提倡言之有物、带着生命温度的写作，我们期待在每一首入选的诗作中听到真实的人的心跳；相对于水分过大的词语堆积，我们提倡言之凿凿、精准的写作；相对于含混不清的故弄玄虚，我们提倡结结实实的诗意。总之，“先锋”不只是一种姿态或标签，它是一个不断变化和生长的概念，它更指诗人在自我的写作领地之上与个人生活短兵相接的气魄，指一种能将自己的生命、生活、人生与诗歌创作焊接在一起的能力。

经过近半年的组稿和选稿，2017年春节之后，各位主编陆续如约交稿。在上述组稿逻辑下，各位主编也有各自的编选方法。西娃一共阅读了一千多首诗，她说除却诗歌的先锋性，她选择诗歌的另外几个标准是：文本个性、好读、经得起读；西毒何殇交来的稿件质量最为整齐干净，他在对外公布的约稿函里写道，他所主编的陕西卷“与名气大小无关，与世俗身份无关，无题材限制，无风格限制……”，他还表示为强调公平性，他要求诗人们在投稿时不要发个人简介和照片；君儿则以“葵”同人群体为坐标，同时关注天津其他诗人的整体写作，将她所关注的先锋的、决绝的现代诗写作者都纳入到她的编选视野里；湘莲子希望读者能从广东诗人的作品中感受到“广东制造”这个坚硬的词语所包含的体温、脉搏和呼吸，这正和我们试图以诗歌为眼，探求地域文化内部的结构相契合；三个A想通过他的努力，选出一本能让人常读常新、经得起时间检验的诗集，他把很多充满生命能量的广西诗人推荐到我们的视野里，让我们对广西诗歌的写作生态有了更清晰的认知。

在五位主编选定书稿之后，“磨铁读诗会”编辑部在充分尊重主编的前提下，做了两轮编辑工作，第一轮是一首诗一首诗地过稿子，筛选出其中作品质量偏弱的篇目，建议主编删除或者替换。在经过各卷主编同意后，我们也整体删去了个别几位诗人的作品，因为就诗论诗，有些作品无法放进“先锋诗歌”这个范畴内讨论。

第二轮工作比较重要，那就是我们对每本诗集都做了章节分布整理。之前的工作完成了“选”诗，这一步工作才算是真正的“编排”，使每一本诗集都呈现为有特点、有立场的诗集。最先我们试图按诗人的出生年代来分辑，比如把60后诗人放在一起、把70后诗人放在一起，但很快就发现那种排法无形中掩没了很多诗人的特色，不足以突出最好、最有创作实力的诗人。最后，沈浩波建议我们使用现在的编排方法，即第一辑为我们特别推荐的诗人作品，以新世纪以来出现的80后、90后诗人为主，但也不完全局限于年轻诗人，更是以他们的作品是否给我们带来全新的感受为依据，因此部分从年龄来看并不年轻，但其诗歌却具备新意的诗人也得以进入本辑。另外也因为这些诗人为我们展现了“先锋性”在各个向度上的范式。在这一标准下，五本诗集的第一辑重点推荐诗人分别是——北京卷：莫小邪、吴雨伦、鬼鬼、里所、易小倩；陕西卷：艾蒿、第广龙、刘天雨、左右；天津卷：闫永敏、奂孚、马国语、张甫秋；广东卷：苇欢、卓仓果羌、杨叉、许立志、旻旻、阮雪芳；广西卷：刚子、蓝敏妮、荷说、蒋彩云。其中的大部分诗人为此前并不“著名”的80后和90后诗人，但他们却展现着中国当代先锋诗歌新的生机。

除了第一辑是在上述原则下进行编选的，每卷诗集的编排和分辑的逻辑均略有不同，有些是按美学倾向，个别是按出生年代，但只要读者仔细区分，还是可以看出我们在篇章分布上的用心，那就是希望比较客观和立体地呈现新世纪以来，这五个省市先锋诗人创作的不同风貌和可能性。另外特别要指出的是，我们在北京卷的最后设置了第五辑，特别推荐了已经八十岁高龄，但新世纪以来仍然不断写出重要作品的任洪渊先生，以此表达我们对他的敬意。

在北京卷、陕西卷、天津卷、广东卷、广西卷之后，新世纪以来的《中国先锋诗歌地图》会陆续推出其他省市的专属诗集，当然这还有待于各种时机的成熟，比如该省市的先锋诗歌整体写作实力是否足以支撑一本诗集，以及能否出现一个足以担当主编重任的诗人。这不是一件能够一蹴而就的工作，“磨铁读诗会”有足够的耐心，我们愿意做中国当代先锋诗歌的守护者和推进者，关照深广的社会现实，体察幽微的人性秘密，为中国的当代先锋诗歌，不断绘制崭新而精确的地图。

2017年6月20日

编选序言

三个A

当前诗歌界每年众多诗歌选本，有多少是常读常新、经得起时间检验的经典文本？有的编选不外乎就是利益之间的博弈：是选人而不是选诗，你跟我关系好，我就选你；你跟我没关系，或者不主动套近乎跟我好，又没有利益交易，当然视而不见。结果是：你选我，我也选你；你发我的作品，有机会我也会发你的。你满足我，我满足你，大家互相满足。在圈子里形成独特“风景”。貌似和谐包容、礼仪谦让，实则是平庸者利益交易的遮丑布。细心敏感的人，都能闻出其中的腐朽。甚至不会写诗的，好像觉得这个行当好混，为了一点蝇头小利或空头名声抄袭别人作品并获奖的事情，近年来屡见不鲜。在这样的环境中，你想干好一件事情，真是太不容易了。你若坚持原则，对某些人说不，他们便臭味相投形成小圈

云，目前是广西90后的实力独苗，她的成长是幸运的，从无心插柳到被“新世纪诗典”连续推荐，也就一年多时间。就目前来看，广西80后实力整体上明显强过90后，陆辉艳、苦楝树是其中比较突出的代表。陆辉艳去年创作的《手铐》《大苹果》《环》等令人刮目，这种对苦难的思考在广西女性写作中十分可贵。苦楝树则更重于技术在创作中的作用，我相对喜欢他那些空灵的作品。需要提一下00后诗人，这个年龄段的目前较少，仅有十三岁的石薇拉，用少儿的思维写出了成年人的思考，笔风成熟、犀利、简练，幽默感强，我们希望今后还能出现这样的童星。

70后的刚子，是近年广西冲出来最有冲击力的作者，一度让我感受到写作的压力。他有对现代意识的超强把控能力，也让人感受到其才华和情怀。同是河池的70后抒情诗人划痕同样表现不俗，具有敏锐的思维和豁达的心灵。如果说河池的刚子是传说中的“白马股”，北海的荷说就是半路杀出来的黑马，她有着与生俱来的现代意识和语言天赋。伊沙曾对其某诗有过高评：跟外国某大师一个级别。另外，早年成名的荣斌，其回归对广西诗歌的发展起到了增光添彩的作用，其人性格豪爽，其诗耐人寻味。

60后的拓夫，近年持续发力，作品质量和数量都达到了其写作巅峰，两度登上《新世纪诗典》，由A榜推出的《路》则在微信公众号“诗歌是一束光”上获热评，已成汉诗经典。他心态超然，置身一线写作现场，与更年轻的一代探寻诗艺毫无违和感。刘频的写作则是智性与幽默并存，他对于现代诗的流变和发展的认识是清醒的。这种对现代诗的接纳和自觉切换需要强大的包容精神，以及更大的视野和格局。大朵与杨合同样表现不俗。大朵从传统温和的抒情，一跃进入更具现代意识的写作空间，诗风随之变得生猛犀利。杨合的写作，我很意外，一年前我从未听说过他写诗，突然《新世纪诗典》就把他推出来了，其思维活跃，诗歌语感好。同是河池的黄仁锡的诗歌则有一种憨厚式的幽默，他是日常生活写作的高手。最后特别要提的是东西的诗，其十五年前写就的诗歌，如今读来依然令人惊艳称赞；其超一流诗感里有大智慧，饱满通透。

还有很早就出名的大家耳熟能详的刘春、盘妙彬等一批“老”诗人，我就不必在此一一罗列了，大家只管用心阅读诗歌便可。

写作是个人行为，但现代诗的发展与社会进步有着紧密联系，脱离时代而独自逍遥的文本很难经得起时间的检验。在此举出以上部分诗人进行浅析，希望通过这些先锋写作者，让大家对广西现代诗的发展脉络有更清晰的了解，我们也有义务提供更精准、更丰富的文本信息。当一大拨新锐写作者通过《新世纪诗典》平台走向公众视野、中国诗坛，甚至国际诗坛，广西诗歌也收获了外界更多的关注和称赞。在第五季《新世纪诗典》省区排名中，广西现代诗已跻身全国诗歌前三强，广西诗歌格局也在不断改写，每个广西诗人的成就都是中国现代诗的成就，也都是世界现代诗的一部分。作为见证者与参与者，我为这股强大的新生力量而自豪。

大音希声。再次感谢伊沙和沈浩波把这样的选编殊荣授予我。本丛书的出版意义可以预知，无须赘言。借此机会，我用我的一首《致敬》向所有为汉语诗歌发展做出无私奉献的人致敬。

致敬

我相信吸引我的黑色
必将有光的存在
当我踏着荆棘翻过山峦
无边无际的白昼
宛若一只魔镜
万物皆有自己的活路
我想看看我的影子
在真实世界的模样
却始终寻觅不到出口
在彷徨中我对着世界
最高级的建筑物
深深地敬了一个礼

目录

第三辑 ／ 长得像鹰的孩子

第一辑 / 不许投降

刚　子

本名张振刚，1977年8月生，陕西周至人，1998年8月南下广西工作，现居广西河池。职业警察，业余喜诗画。有作品入选《年度公安文学精选》《AAA广西诗歌年度排行榜》《新世纪诗典》等。

戴眼镜的人应该是圣洁的

闯红灯的时候请摘下眼镜
随地吐痰的时候请摘下眼镜
把手伸向花朵的时候请摘下眼镜
在床上权色缠绵的时候请摘下眼镜
冷眼看人的时候请摘下眼镜
摘下眼镜吧
鼻梁挺了这么久，都累

吸烟的女子

走出公安局大门
年轻女子点燃一根香烟
吸了一口
又吸了一口
还没脱下警服的我
走在一旁
悄悄瞥了一眼
又瞥了一眼
像个小偷

冬日的山村没有故事

醉酒者扶着一棵苦楝树的树干
吐出最后一滴胆汁
他刚刚喝翻了几个酒友
报了昨日的酒仇
几只鸡在一旁觊觎地面好久
脸憋得通红
一只狗叼来桌下的骨头
咬得咯嘣响

今天的酒桌上
有酒有朋友
有鸡肉
还有狗肉

算命

母亲去世时
把全家人的生辰八字
都带走了

在不惑之年
我掏出的一张身份证
让算命先生伸出的五指
久久
无所适从

在西餐厅

朋友做了挂村第一书记
村子叫永吉村
到处生长着石头，石头，和男人
朋友说村部旁有一户农家
有个长相清秀的女子
男人四十五岁那年
用打了三十多年石头的一万块钱
从临县买回十五岁的她
生了三个小孩，最大的五岁
大冷天还穿着裙子、凉鞋
朋友顿了顿，搓搓手
那天我去找他们就是想劝劝不要再生了
她不懂洗澡男人得帮她洗
一洗就是白花花的一片，谁又忍得住
餐厅的轻音乐有些黏稠
朋友喝下一大口咖啡
看着大家吃完最后一口牛排
我见到她时

她正趴在地上
吃自己的大便
她男人到山脚下挑水去了
来回得半天时间

不许投降

我是警察，他是贼
我们在逢年过节的
酒桌上，不时相遇
他喊一声“姐夫”
我就举起一杯酒
我喊一声“内弟”
他就举起一杯酒
在他每次吐了又喝，喝了又吐
举起双手的时候
我都恨恨地说——
不许投降

变化

直到一个老人被奸杀
直到警察到来
直到他被抓
村里人才懂得还有几个老人
被强奸过
他没读过书不会说普通话不愿外出打工
不敢正眼看人
是村里唯一的留守青年
最后一次在电视里看见他
村里人都说
他变胖了
变白了

蓝敏妮

70后，电视台节目主持人，2013年7月习诗，作品散见于《广西文学》《红豆》《中国诗人》《中国诗歌》《诗林》《青海湖》等刊物。

断魂

一座桃木小桥在村寨古桥头架起
离家多年的远人归来，皮鞋在桃木上腾跃
跟从道师冥冥念叨
“魂随我来”“健康平安”“大富大贵”
古桥的椎骨暗里节节松脱
它的弧度是所有母性的背脊
牛的，羊的，人的，以及雾色的生灵
有脚步踩得越来越近
咔嚓一响

“忘祖的人必然魂断”
一块块巨石走回山岗

戏子在玻璃里

舞台左侧甩开长长的水袖
戏子吊出最高亮的一声“啊”
戏子住在玻璃茶几里
水袖是台面刚刚撞破的裂痕
一袋苹果放上去
戏子唱“苦”，裂痕走动一毫米
一盘橘子搁上去
戏子唱“酸”，水袖游走两毫米
手慢慢沿着裂痕
闭上眼睛再抚摩寻找
光滑的台面毫无伤口的痕迹

楼台

黄昏。楼台上我们来不及收拾的衣物
在风雨中摇摆
狂风揪住了一件，像揪住了
一个醉驾的人
又揪住一件
手劲更狠
是不是抓住一个毒驾的人
又伸手扯下一件
呼啦打开
找什么呢?
我们几个人躲在墙壁后面跃跃欲试
伺机把衣服抢回来
刚一探头就被揪住头发
“我们不喝酒也不吸毒不是罪人。”
有人大声抗议
风张开大掌，啪地把我们揉破
“说！你们是不是鼓风的人？”

把半边月亮也洗了

夜黑里蹲着一丛小火比她的
红衣更暗
暂时没有人来制止
她还绷着那一句“扒开他的皮慢慢看”
此时白的黄的或黑的纸壳正走出来
她也准备站起身

清晨她在广场的水龙头下洗衣裳
把半边月亮也洗了
几件衣服
晾在儿童滑道旁的护栏上
每天她倚靠银行的玻璃门时
西走的太阳正经过她
她锋利的舌尖不停地刺穿金翅
有时朝着衣服的方向远望，指尖拨动
反复指骂几个摇头摆臂的假人

我对她如此熟悉所以
每次看见她
我都快步远远地绕开

她好似另一个从未现身的
想骂人的自己
我那么害怕被别人看出来

我和四个疼躺在床上

每个疼都穿着红衣
黑色的被子下飘荡一角衣襟
疼痛一手一手地向外掏我

那四个疼都无声无息
只有我数着药液一滴一滴
看着它长出尖尖的牙齿
咬我的眼睛
我终于喊出“我想要家属进来”

那四个疼依然不动
红色的一角衣襟兀自飘着
我觉得我比那四个疼更疼

“让家属进来”
“你没有家属”
那四个疼翻身而起
一个疼是我掰断的花枝
一个疼是我吹跑的蚂蚁
一个疼是我吃掉的野狐

一个疼是我丢弃的种子

四个疼站成四颗尖尖的牙齿
绝望地闭上眼我瘫成一张皮
突然
我被一个缓慢的声音扶起来

荷　说

原名何雨霞，1984年出生于广西北海。2014年底开始诗歌创作，作品散见于北海刊物。有作品入选《AAA广西诗歌年度排行榜》《新世纪诗典》等。

取暖

在自助银行门口
一个流浪汉
远远地望着大排档里
燃着的柴火盆
不停地搓手

真相

一个真相，需要一场大雪
无数个真相
需要一场又一场的大雪
那些久远的真相
如一场又一场的雪一直下到现在
你确定随着我们双腿踏进又拔出的雪屑就是真相
那也许只是些过去的碎片，也可能是线索
谁知道呢
毕竟浅的是脚印
深的还是雪

一棵盛开的树

树长在一家热闹的大排档门前
开满了花
每次经过或在档口用餐，都会特别留意
它选择在这个季节开花
显然，它是与众不同的
从花蕊上抖落的小花瓣
像一朵朵从天而至的降落伞
餐桌上、婴孩的睫毛上、女子的头发上
满地都是的
迅速占领着它脚下的一小片土地

档口老板，一个中年男人
坐在树下
目光如炬
任由花瓣落满全身
我记起，早些年
他也是这样坐着，和他的烧烤车一起
靠在这棵
只比他高一点的树下

强迫症

这条街上住着一个疯子
每次见他，他总对着我笑
他也对着这条街上的所有事物痴痴地笑
他穿得邋里邋遢
头戴一顶优雅的画家帽
走起路来不大利索
最主要是他有严重的强迫症
每往前迈一大步，都必须向斜后方踏回一小步
像扭秧歌的步伐
天天如此
来往遇到他的行人
都会由原来的直线行走，突然就画起大大的
弧线，以避开他
于是，他经过的那条街
总有许多人
在奇怪地走着路

阿黑和小黄

我看见远处
安静和淳朴，从山上的石阶走下来
它们是阿黑和小黄

它们静静来到身边，不叫唤
与我们相视
瞳孔清澈，在里面我看到自己的脸

阿黑也许不叫阿黑
小黄也可能不叫小黄
唤什么不重要
大山里，名字不重要
就像被我们踏过的青石路
悄悄开在山壁的花儿
背着背篓的山里人
他们和山里的土地一样扎实
名字
骨子里早已注定

赵勇敢

那个曾经叫嚷着长大要当警察的赵勇敢
娶了媳妇，带起了娃
他不高大，也不威猛
走路还有点颤颤巍巍
讲话细声细气
邻里暗地里笑他像个娘们儿
我看见
有一次，他骑着自行车从警局门前经过
在一片碎石堆中
骑得相当勇猛

蒋彩云

90后，广西桂林人。获得《AAA广西诗歌年度排行榜（2015）》十佳诗人“新星奖”。

下辈子

多打了几个喷嚏
摔跤受伤的地方还疼着
要是就这样死了怎么办
妈妈真会像她说的
没有我她也不活了么
爸爸会不会
一遍又一遍
翻着我写的日记
然后精神失常
姐姐也会梦着我

然后哭着醒来
骚仔还会告诉别人说
我小姨在睡觉做梦
好朋友烧着纸骂道
彩云你个短命鬼
去那边做个有钱人
买衣服再也不要看价格
讨厌我的人
担心着我会吓他们
有人哭有人笑
我都看不见了
我在乎的是
他们给我穿的衣服好不好看
想着下辈子
是个大美女

灯

我想要一盏灯
不是白炽灯
不是节能灯
不是霓虹灯
也不是路灯
而是小时候
在外婆老家看见过的
一盏马灯
在梦里
我把它从废弃物中捡起来
学着外婆的模样
把它点亮

地震之后

在去四川的火车上
对面的阿叔是绵阳的
谈起地震
我问他怕吗
他说地震发生时
正在工地干活儿
来不及害怕
走了一天一夜
才到家

鳄鱼

瞥一眼
上蹿下跳喂食的人
腰间的鳄鱼皮包
继续装睡

祈福

低头拜佛
头发遮住了眼睛
起身的时候
高僧旁边的义工
正在抠脚
寺庙外的荷花
应该听不懂我的家乡话
接住落下的雨水
洗了一把脸

宿命

寺庙里的蚂蚁
咬了我一口
我忍了
河边的蚂蚁
咬了我一口
我忍了
家门口的一只蚂蚁
咬了我一口
被我踩死了

第二辑 ╱ 相爱的子弹

三个A

70后诗人、作家，广西来宾人。获得2015年度“新世纪诗典·李白诗歌奖”推进奖。著有《纪念》《遁》等多部诗集。作品入选《当代短诗三百首》《中国口语诗选》《新世纪诗典》《当代诗经》《2016中国年度好诗三百首》等。

魔术师

她年轻时
从没跟别人
谈过什么理想
每天上班下班
吃饭做梦
拉拉家常
也没有人见过
她发脾气

突然有一天
她走在路上
从嘴里吐出
一团火球
路人惊呼:
魔术师!

睡佛

一块巨石
从山上滚下来
一路上砸出了
无数个凹坑
多少树木
都挡不住
它巨大的惯性
最后飞起来
砸到农民
刚刚种植的
花生地里
像个睡佛

南方的雪

严冬来临
全国雪雨纷飞
我煮了一碗
南方的白米饭
发到朋友圈
告诉他们说
南方的雪
就是这样子

母亲没有什么不一样

她经历过“文化大革命”
经历过大饥荒
经历过单干
经历过村庄的寂寞
经历过临产的疼痛
经历过贫穷的艰辛
经历过背着生病的儿子
走到二十公里以外就诊
经历过沉默的年代
经历过大火烧过的岁月
母亲一生没有什么不同
她和那个年代的同龄人
在最好的日子里老去
在最富裕的梦里瘦下来
她生下五个儿女
五个儿女又生下了
十个孙儿孙女
她一生都在忙碌中
经历胃痛和耳鸣
经历感冒和发烧

经历失眠和头疼
经历水土不服
经历月圆月缺
当她累了睡着了
她将经历一场大火
变成我每天都要
呼吸的空气

不要拒绝

不要拒绝雨后泥泞的小路
不要拒绝月光下的阴影
不要拒绝悲伤后的快乐
不要拒绝柔软鞋子里的沙子
不要拒绝冬天马桶的冰凉
不要拒绝走在路上的孤独
不要拒绝大海的汹涌
不要拒绝父母的唠叨
不要拒绝杂草丛中的虫鸣
不要拒绝深夜里的狼嚎鬼叫
不要拒绝做梦
不管日子多么平淡
不要拒绝内心的热情
让它尽情地燃烧吧
若温度超过四十
就去医院打一针

父亲的轮椅

腿瘸的父亲
十年时间
换了两个轮椅
每次都是他
换回来之后
我们才发现
父亲出门后
我看着家里
多余的轮椅
忍不住走过去
学着父亲
端正坐着
两手平放
或从手机里
选择听一些歌
思考着余生
有一瞬间
我仿佛回到
空无一人的
童年的村庄

愤怒出诗人

爷爷被划为地主
爸爸年龄很大
仍娶不到老婆
愤怒的他
与爷爷断绝了关系
和我妈生下了我

我有一把刀

它的前身是一块铁
那时候它在我身上
不会对别人构成威胁
自从它被我打磨成
越来越锋利的刀时
我的麻烦也越来越多
每次经过安全检查
我都被带去做笔录
解释这刀的来历与用处
保证我不曾杀过人
我身上的刀就这样
一把一把地被没收
留下铁愤怒的孤独

新神笔马良

他要把白色
涂改成黑色
把黑色
涂改成黄色
把黄色
涂改成红色
把红色
涂改成蓝色
把蓝色
涂改成青色
把青色
涂改成金色
如果效果
没期待的理想
他们就会
再涂改一次
直到看起来
他们成功了
这个世界
是他们的了

如哪种颜色
不幸太耀眼
他们会加上
一些底色
看起来更柔和
如果再不行
就把你涂改成
黑色的
一片漆黑的黑
或者白色的
从头再来
就算全世界
只剩下一种颜色
他们也不会
放下手中的笔
他们是手拿
神笔的马良
人在笔在
人亡笔亡

刘　春

诗人，1974年出生于广西荔浦。现居桂林。在《人民文学》《上海文学》等刊物发表过大量诗歌，在《花城》《星星》《名作欣赏》等开设诗学随笔和文学史研究专栏。出版有诗集、随笔集和诗学专著十余部。获得过《诗刊》首届华文青年诗人奖、宇龙诗歌奖。

始于爱情

想到她即将到来
春天地表下的小虫
就开始蠕动
就兴奋，忐忑，脸颊绯红
如果再虚构一些场景
就更不得了
身子发热，双手捂住胸口

以防体内那一万只梅花鹿
破胸而出
想起她终将离去
就伤心，失落，不知所措
感觉一切没有意义
春天的小虫变成蝴蝶
又有何用
一万只小鹿壮如狮子
又有何用
二十前你是理想主义者
理想又有何用
现在的你是现实主义者
现实又有何用
美好的时辰太短
美好的事物终将离去
你曾得到又有何用
你曾拥有又有何用
想到这些，你兴味索然
又心胸舒坦
像完成了好大一件事
觉得以往的日子都是白活
以往的执着毫无必要
你开始考虑晚上吃什么

是土豆炖排骨
还是小葱拌豆腐
饭后看芒果台的偶像剧
还是凤凰卫视的时事点评
要不要半夜起来加点班
周末好带老婆孩子
下馆子逛公园
去一些没去过的地方
或者回乡下看看老爸老妈
遛遛那条脱毛的黄狗
看它是不是和以往一样
老爱抓别人家的老鼠
是不是还认识你的车
老远就扑了上来
想到这些
你觉得生活充实
浑身是劲儿
前途一片光明
于是双手离开键盘
不再装逼

请允许我做一个怯懦的人

请允许我做一个怯懦的人
不申诉，不抗解，不高声叫喊
不斜视，不聚众，不因爱生恨
请允许我一再降低额头的海拔
面带微笑，甚至有些谄媚
请允许我做一个自私的人
有人在公园散步，被尖刀抵住脖子
有人晚饭后上街，被抢去钱包
有人彻夜加班，有人把身体献给老板
我看在眼里，随即把头扭开
请允许我做一个冷漠的人
那个“躲猫猫”的人，那个被当街打死的人
那个到法庭转了一圈就被释放的人
那个被带离住处从此消失的人
我见过他们，却默不出声
请允许我做一个健忘的人
曾被上级要求学习，被亲人管得太紧
被朋友揭发，被别人代表
而我掩藏住自己的心、肺，和胆
像初秋的大地藏住内心的河流

现在，母亲在厨房忙碌，父亲在咳嗽
妻子数着越来越薄的薪水
孩子在地板上玩耍
我是否还能安静地写字，是否会继续说——
请允许我在黑暗中沉默，像一具空躯?

月光

很多年了，我再次看到如此干净月光
在周末的郊区，黑夜亮出了名片
将我照成一尊雕塑
舍不得回房
几个老人在月色中闲聊
关于今年的收成和明春的打算
一个说：杂粮涨价了，明年改种红薯
一个说：橘子价贱，烂在了树上
月光敞亮，年轻人退回大树的阴影
他们低声呢喃，相互依偎
大地在变暖，隐秘的愿望
草一般在心底生长
而屋内，孩子已经熟睡
脸蛋纯洁而稚气
他的父母坐在床沿
其中一个说：过几年，他就该去广东了

黄　芳

生于广西贵港，毕业于广西师范大学中文系，现居桂林。出版诗集《风一直在吹》《仿佛疼痛》《听她说》。2010年参加诗刊社第二十六届“青春诗会”。

似乎

风很凉
木叶呼出的气，很清
江水不疾不缓
江中撑船的人，似乎要把心事
往下沉

一个卖菜的妇女，踩着装满
黄瓜、番茄、青椒、洋葱和胡萝卜的
三轮车，一路颠簸

她面容粗糙，比不过车上的西蓝花
但神情可亲，像那堆
不时滚动的土豆
——她或许有个儿子，嘴唇上
刚刚长出绒毛
或许有个女儿，正等着一条
花裙子

——这一路上
初夏的风似乎把木叶的清凉吹得
很远。似乎我就要
遇到一片青草地，以及
一个唱着童谣追逐白蝴蝶的流浪汉

暮光

也许你也还在爱我
最后一只云雀停落时
你的灰暗
重叠了我的
——可记得我曾跟着你
从南走到北?
借着你微弱的光
我自由自在，像一枚
就要成熟的苹果
任由甜蜜在雨水中酝酿

东　西

原名田代琳，1966年3月出生。中篇小说《没有语言的生活》获首届全国“鲁迅文学奖”中篇小说奖，根据该小说改编的电影《天上的恋人》获第十五届东京国际电影节“最佳艺术贡献奖”；长篇小说《后悔录》获第四届华语文学传媒盛典“2005年度小说家”奖等。主要作品有：《后悔录》《耳光响亮》《没有语言的生活》《我们的父亲》等。

死后什么模样

没人看见自己死后的模样
其实，你懂

死后，你是排队的模样

双手贴腿，挺胸收腹
目视正前方

死后，你是喝醉的模样
脸红脖粗，身如灌铅
一腔怒火噎在胸膛

死后，你是专心的模样
眉头紧锁，齿咬牙帮
不听周围声响

死后，你是熟睡的模样
无烦无恼，进入梦乡
一只脚伸出被窝着凉

你活着什么模样
死后就什么模样
只是，你得穿上一件新衣裳
得把眼睛闭上

地球原来是圆的

你说南宁正是上午
阳光趴在窗上
但华沙却是黑夜
路灯就是证据

你说南宁已穿上冬衣
寒风正把衣角撩起
可是贝伦还打着赤膊
流汗就像下雨

你说满眼都是草皮
从来没见过雪地
可是在南极
破冰船正被困着
到处都是白的

在奥斯维辛

先是看见铁丝网
脊背立刻发冷
再看满屋剃落的头发
胸口顿时缩紧
被屠者的鞋堆成小山
他们来不及带走
一操场的饭盒
一橱窗的眼镜
件件保留着死者的体温

脚步，越走越轻
不敢凝视墙上
受难者惊恐的眼睛
在这里
就算我全身都是同情
却好像也犯下了罪行

从枪口下走过

早晨七点
是我跑步的时间
从公园侧门进去
再从前门出来

八点左右
我路过一家银行
每天都是这样
一辆运钞车停在门前
三个穿防弹衣的
举起手枪看着三面
我从他们枪口下走过
为了表示不会抢劫
故意不多看哪怕一眼

从小我就知道
挣钱需要勤劳
不能偷也不能抢
因为押运员手里有枪
可是，万一

他们的枪走火
我会不会上当天的报纸
会不会因此而被授予
抢劫

这种事情不是没有道理
为了警惕
他们的手紧扣扳机
路过的都值得怀疑
不正经走路的都有动机
这样久了
连自己都怀疑自己
更何况脚下还有西瓜皮
偶尔还会打喷嚏
如果一时冲动
谁又敢保证扳机
不会挪动一毫米

所以每天我总想绕道
却又没道可绕
只好一次次硬着头皮过去
寄希望于他们的素质
寄希望于枪里没有枪子

拓　夫

壮族，广西来宾人。20世纪80年代开始诗歌创作。有诗集《以水流的姿势》《八桂颂》，散文集《坐看云起》等出版。

木桶

母亲挑不动了
轮到姐姐挑
家里那个水缸好大
从家到村前的水井
要往返五六趟
才能把水挑满

直到我能挑水了
姐姐才出嫁

老房子

过年回到老家
发现前后左右
邻居家都起了楼房
我的砖瓦平房
显得又矮又小
堂屋墙上的母亲
仿佛愁容又添几分
我打定主意
跟银行贷点款
也把楼房盖起
不为别的
至少
可以把母亲的照片
挂到二楼

劫

算命先生说
你在三十岁那年
有过一劫

我回忆了一下
那年秋天
在张家界
我遇到一场雨

灰烬

我把一沓旧信
拿到楼下空地
点燃
看纸一张张由白
变黑
熟悉的字一个个扑进火光
当我用一根棍子
拨动余火
灰烬借着风
回头看了我最后一眼

显微镜

我想把誓言和忠诚
爱情和历史
甚至一个国家
都放在镜子下面

老鼠过街

早上上班
看见一只老鼠
横穿马路
有汽车驶过
它稍微停下躲闪
在车与车的缝隙间
它飞快跑到马路的另一边
天空下着小雨
路口红灯绿灯交替
人们忙着赶路
无人喊打

药店

在药店转了一圈
发现里面除了药
还卖很多不是药的商品
而且生意很好
终于明白
没病也可以逛逛药店
有的病
也不是药能够治好

黄山爱情

那年在黄山
他们学着别人
也在山顶那条铁链上
挂了一把锁　然后
把钥匙扔下悬崖
很多年后
他再次来到山上
锁还在
一把挨着一把
很多是新锁
更多的
早已锈迹斑斑
他掏出手机
对着那些锁正要拍照
一个女孩儿过来说
老公　我们也锁上一把吧

刘　频

60后，在柳州某机关工作。20世纪80年代初开始发表诗歌，有作品入选多种诗歌选本及获奖。出版诗集《浮世清泉》《雷公根笔记》。主编《麻雀》诗刊。

美国麻雀和中国麻雀

美国麻雀
其实不会讲英语
中国麻雀
其实不会讲汉语

中美的麻雀碰面时
讲相同的鸟语
它们一起在树上飞
像一队新型战斗机

狼说

世道太乱了
它哪里也不敢去
这一辈子
就躲在洞里，老死

班露来信

我开着一列老火车，像敌人一样
惊恐地跑
车皮里装满了前线的弹药

一架飞机追上来，飞得很低
和火车保持着一样的速度
在呜呜呜的引擎声里
我甚至看见了飞行员那狰狞的脸

我估计它要扔炸弹了，或者用机枪扫射
但这些都没有发生
这架飞机贴着火车头飞了三百公里
我咬着牙，恨不得把那个飞行员揪下来

他突然从驾驶舱里探出头
大声喊道——“你的信！”
他把一封信，迅速扔进了火车头里

哦，这是班露的来信，第一句是
“亲爱的，春天好！战争结束了，你什么时候回来？”

俘虏

我押解着整整一个连的俘虏
在硝烟未尽的路上
我大声喝令着，弄得尘土飞扬
只有我一个人挎着卡宾枪
他们受伤的枪，藏在心里
昨天还在和我争夺生死胜负的敌人
在沉默和敌意中挪动脚步
他们的眼睛放大了我的枪口
不知道从什么时候开始
我在这群俘虏强大的耻辱里
渐渐地耷拉下头，像俘虏一样走着

数羊

在卖羊之前的头个夜晚
我举着马灯
在羊圈里数羊
数着数着，我老是数出多一只羊
最后
我突然发现
我习惯性地把自己
也数了进去

在一条高铁新干线的路基下面

在一条高铁新干线的路基下面
是麦田、菜畦、水井、炊烟、牛铃、蛙声
是方言、习俗、祖坟、神位、民谣、手艺
是《三字经》《弟子规》《烧饼歌》

在一条高铁新干线的路基下面
是征地合同、暴力抗法、集体上访
是补偿款的诱惑、祠堂里的谋算、兄弟间的反目
是推土机的傲慢、筑路者的横蛮、木篱笆的倒伏

当一列高铁以鲨鱼的头部，飞速穿越我手掌上的
二十四节气
在早春的车厢里，一个人舒适的现代感
压缩成跳跃的速度和数字，随一张车票呼啸而来

而在一条高铁新干线的路基下面
是野草的伤口、族谱的裂纹、泥土的泪水
是树根在颤抖，残余的果实被巨大的气浪震落
是一句古代农谚被吹起，像一粒瘪谷飘落在铁轨旁

屎壳郎

在梦里
一只巨大的屎壳郎，在
开火车，是那种老式的蒸汽火车

只有我和它两个
在深夜的火车头里
它，戴白手套
一路打开雪亮的灯光
把铁轨两旁的树木照得眯起眼睛

我在一旁
用铲子把煤块用力抛进炉膛里
累了，我就坐下来抽烟
望着它
在铁轨拐弯处猛地拉响汽笛

在两个人的火车里
我习惯了他身上的臭味
也习惯了他严肃的眼神
咔嚓咔嚓的火车像自言自语

我俩都不说话
好像互不相干，但又配合默契

当火车停下来
我都不知道，它是
从我粪便里长大的一只
屎壳郎

两颗相爱的子弹

两颗子弹
在黑暗的弹匣里，偷偷相爱
在军规里私恋的一对
多少次，苦苦想象着对方的模样
爱的冲动，和一个年轻持枪者的冲动
保持着青春期的一致性

在一个警惕的黑夜里
它们从突击步枪的枪口遽然飞出
把杂乱的夜色拉直成一条线
哦，那是放开翅膀的爱情旅行
但太短暂了。一次渴求了很久的蜜月
在抵达一个敌人的身体里时
一下就闷声地结束了

当两颗子弹“当”的一声落到手术盘上
在爱和血的混合气息里
它们，终于第一次看到了彼此的模样
两颗受伤的子弹，在陌生的无影灯下
同时发出了“咦”的一声

石薇拉

2003年出生，2014年开始习诗，在《诗潮》《新世纪诗典》《诗选刊》《红豆》《诗歌月刊》等刊物发表过作品。

煮面

我在煮猪肉面时
想到
如果有一天
人也被煮了
要不要加酱油

悲剧

路上有人哭
路上有人笑
路上有人走
路上有人跑
不知他们是怎样心情
我只知道
我还要写作业

爪牙

拖拉机爪上
一块块泥土
粘在上面
像一只
长满老茧的手
挖着自己的
葬身之地

感慨

我时常在感慨
眼前的这座山
有多么地高
多么地壮
虽然我知道
那只是个摆设

高速公路

高速公路上
两辆名牌车
你争我夺
正当他们
放慢速度
正当准备和解时
一辆普通轿车
超过了他们

子弹

一枚子弹
直射他的肚子
被送去抢救
医生说
无力回天
子弹就在他肚子里
安家了

扭干水分

一条毛巾
我扭掉百分之十的水分
妈妈扭掉百分之三十的水分
爸爸扭掉百分之五十的水分
奶奶扭掉百分之八十的水分
爷爷一扭
干了

托错梦

一天夜里
我梦到一个老爷爷
拄着楞棍
向我走来
说
不久之后
你将会有一场大病
后来的几天
我夜不能寐
不久
我又梦到了他
对我说
不好意思
人老了
脑子不好使
搞错了

黄仁锡

1966年3月出生于广西壮族自治区河池市金城江区一个偏僻小山村，以读诗写诗为乐，现居乡下。有诗作入选《新世纪诗典》《AAA广西诗歌年度排行榜（2013—2015）》。

一二三

那个年纪跟我差不多的人
拿着一本书
站在街口
反反复复地念着
一二三
一二三
一二三
……

一些大人学着老师的样子问他
一是什么一
二是什么二
三是什么三
他像小学生一样毕恭毕敬地回答
一是一二三的一
二是一二三的二
三是一二三的三

一些小孩子看到大人这样
也学着这么问他
一是什么一
二是什么二
三是什么三

而他依然像小学生一样
毕恭毕敬地回答
一是一二三的一
二是一二三的二
三是一二三的三

阳台的功用

她四岁
乖巧
可爱
是朋友的孙女

她总喜欢
跑到阳台去
在我和朋友
喝酒的一个小时里
她跑了十几次

问她去做什么
她在我耳边
轻声说
放屁

镜面边缘蠕动着一条虫

当刷完牙
洗完脸
要照看脸面时
看见了它
它的动作很慢很悠闲
它是看见我的
我相信
但它仍然这么慢这么悠闲
并且开始爬向镜面中间
爬到我的脸上

新年祝福

新年的钟声一敲响
炮仗就响了起来
四面八方
远远近近
此起彼伏
我关了电视机
躺到床上
打开手机
微信上
很多人祝福了我
我也开始回复他们
由远及近
当回复到最后一位
也就是那个住在隔壁的
美女同事
我特意
多加一个
感叹号

苦楝树

原名谢福嘉，1981 年生于广西横县，作品散见于《广西文学》《红豆》《山东诗人》《天津诗人》《三峡文学》《诗潮》等。

母子连心

买两个智能手环
烧一个
戴一个
即使在不同的世界
风雨欲来
也能彼此感觉到
关节的疼痛

爸爸的钱

我被迫动用到爸爸的钱
我一定会还
为了自己的江山
我在砍一棵老树
那是一个老人的棺材本
当他从黑色布袋里掏出
存折和身份证
续命一样交给我
我揣着破旧的折子
贼一样
来到银行前台
我按下的密码
是已过世的
母亲的生日

马岭镇

听到打铁的声音
我朝黑暗走去
一直走
一直走
整条街的铺面
都关门了

广东贫瘠到了极限

母亲说你们广东人
什么都能吃
只要脊背朝天的都能吃
天上的飞机也想吃

姐姐含泪瞟了一眼窗外
用茶水清洗餐具
母亲这样说的时候
为她几乎带来乡下所有的土货

而我则天真地认为
广东贫瘠到了极限
饿到什么都要吃
以至于母亲每次来探望姐姐
恨不得把整个田野搬来

包括她自己的墓地

荣　斌

壮族诗人，1970年8月出生，现居南宁。1988年开始发表作品。出版有诗集《紫色尘缘》《面对枪口》《卸下伪装》《荣斌先锋诗选》《在人间》等。

这一年

再过七八天
这一年
就要结束了
回顾这一年
收获不少
感触也挺多
这一年
我发表了
很多诗歌

可是我想
如果我
不给那些刊物
提供赞助
他们还会给我
刊登作品么
这一年
也赚了不少钱
我总想给
帮助过我的人
拿点回扣
可是他们
一个子儿
都不敢要

女儿

女儿转眼十五岁了
女儿有早恋的迹象
被我扼杀在摇篮里
我使用的手段很老套
一是毫不犹豫地转学
二是循循善诱地恐吓
三是使用金钱满足她
我告诫女儿
不要迷恋那些破哥
他们连传说都不是
充其量，只是一枚
连小鸟都不叮的果子
颜色好看，却很苦涩
老爸当年比他们强多了
但却从来不勾引小女孩
老爸努力学习
老爸天天向上
老爸威武不能屈
老爸贫贱不能移
女儿说，老爸你说的这些

我已经听了一百零一遍了
能不能，说点别的
我苦思冥想
正要换点新鲜的说教
却发现
她睡着了

保护费

戴眼镜的小尖哥
蹿进东五路
说是代表赖老大
来收保护费
我一脸为难
对他说
这年头
做点生意
挺不容易
能放一马放一马
他不干
理由是
这条街上
赖老大
说了算
我凑近他的鼻梁
轻轻地
将他眼镜摘下
冷不丁
一个大嘴巴子

扇过去
他神情惶然
满脸错愕
瞪着我
我拍了拍他的脸
慢条斯理道
回去告诉赖老大
换个不戴眼镜的来
我立马交钱

想起童年那些破事

冬天要来了
我想起多年以前
被烤焦的毛线手套
脏兮兮的狗耳帽子
还有柴房里的滑冰车
它曾经使我的整个寒假
一拐一瘸
伤痕累累
我的童年被放养在高原上
望着黄土和蓝天
望着二毛爸玩家暴
经常揍他妈
部队大院里的这些熊孩子
都喜欢攀比
比谁爬得高
比谁掰手劲更厉害
比谁爸官大
还经常掏出小鸡鸡
比谁尿得远

陆辉艳

1981年3月出生于广西灌阳。出版诗集《心中的灰熊》。有数百篇（组）作品在《青年文学》《广西文学》《诗刊》等刊物发表，入选多种选本。作品曾获2015“青年文学·首届中国青年诗人奖”、《广西文学》“金嗓子”文学奖等奖项。

缺席

在西大，我乘上
回家的青皮公车

一个男人，让出旁边的位子
他挪开那上面的物件：
一个骨灰坛，盖着黑色绸布
“坐这儿，这儿。”

他的声音压低，充满悲伤
右手按在胸前

我迟疑着，坐了下去
占据一个缺席者的位子
如果我起身，走开
虚无的时间会回到那儿
而我一直坐着
跟着这辆青色怪物
过了桥，直到终点站

当我下车，并向后张望：
一排空空的椅子
缺席者再次消失

环

为了避免在众多的婴儿中被混淆
你出生那天
年轻的护士给你
系上标识：一个柔软的手环
作为这世界的第一份礼物，上面写着
病床号，以及你妈妈的名字

我的无名指上
有一枚普通戒指
它联系着我
和另一个人的一生

在妇科诊室，女医生
拿着一个麻花金属环
她把它置入一个人的身体深处
这冷冰冰的器物
阻止了更多的明天和可能

我的奶奶，终身被

一种看不见的环牵制
直到她进入棺木
变成一堆白骨

大苹果

他每天在思圣路上，来来回回地
压低帽檐打电话
有时他蹲在马路边
举着一个破手机喊：“喂喂喂!”
有时他摘下帽子，挠着一头乱发
似乎在谈一桩生意，而且
即将成功
那天早晨我故意放慢车速
看他煞有介事地拨通电话
口气温柔得像个好父亲：
“等着我，给你们买大苹果！”
这个身披破布条的流浪汉
手中举着一个脏污的
手机模型，说了这么久以来
我唯一听清楚的一句话

手铐

K1路进站时，人们
像一群密集的鱼苗
哗啦一声拥上去
我迟疑了一下，落在后面
不得不夹在过道中
这匆忙、拥挤的生活
不得不爱，不得不接受
举起双手，各拽一个吊环
哦，耶稣受难的姿势
座位上，一个坐在妈妈怀里的孩子
仰起头，指着那些晃荡的吊环
突然大声地说：
“看，好多手铐！”
车里一阵哄笑
笑得最大声、笑得溢出了泪花的
是那些手抓吊环的人

大　朵

本名罗勋，广西来宾市人，生于20世纪60年代。毕业于中央民族大学，文学硕士。大学时代起从事诗歌写作，至今已出版诗集四部。诗歌民刊《麻雀》主编。

尾巴

闭上眼睛
看到尾巴在黑暗中摆动
鱼尾、猫尾
马尾、牛尾
狮子尾、老虎尾
甚至些不知名的动物的尾巴
有时又似乎只是一面旗帜
忽然一句京剧台词射出：
“斩——！”

所有的尾巴顷刻停摆
老老实实贴在
屁股上

家祭后

我问老母亲
一年多了
不知父亲在那边好不好

母亲说弟媳问了仙婆
父亲骑着一头黄马
时常赶圩
与邻居也和睦相处
过得自在

我说父亲怎么
回到以前的年代
不是给他烧了汽车吗

母亲苦笑着说
可能他不会开

耍猴

耍猴人一筹莫展
猴子太懒
锣都快敲烂
猴子时不时龇牙咧嘴
抗议，奈何

耍猴人拎来一只鸡
刀往它脖子一抹
血洒猴前
猴子瞧都不瞧
围观的小民们嘲笑——
“哎，你杀一只猴
让它看看！”

掉进水的话

接话时
手机掉水里了
你的话在水底
挣扎

咕咕噜噜
含糊不清

胡子博

1972年10月出生于山东省阳谷县张秋镇，现居桂林，供职于某出版社，著有诗集《失眠者》《不可知的事》。

叙事

现在已是−7℃　可我还是老听见蝉鸣
走到哪里情况都一样　我知道
温度计一定搞错了　这个事实
让我穿着厚棉袄　仍觉得心寒　仿佛
很多东西结了冰　人人嘴里哈着白气
怎么辩白都没用　我把手放在胸口上　我对自己的心跳
总是放心不下　我也想
走出这个梦境　但无法移动身体
好几个晚上　我做着同一件事　下着

同一个决心　天上下着同一场雨　夜色一点点塌陷　一点点
被挤出牙膏皮　我好像还是洁白的
没留下什么指印　我望着温度计　对它
偷偷隐瞒了我十五岁时的第一次梦遗　和
我二十三岁第一次看到的一个女孩的裸体　我想使自己特殊些
可我的一生　只是往避孕套里射精　在水泥地上
走动　周围噪声特别大　所以
我常常能听到各种声音　比如说
轻轻的敲门声　动情的争吵声　翻来覆去的
呻吟声　说出来他们都不信
笑容描得跟真的一样　我看出来了　我很惭愧
我已经很多年没有蜕皮了　身上又不断掉色
我通过看老电影慰藉自己　那些黑白片　让我以为
也是掉色的结果　私下里　我掂量着自己的脸、胃、性器官
以及一块初恋的肾结石　它们都老得那么厉害了　当然
天气总会忽冷忽热　声音总会忽高忽低
我终究会渐渐感觉不到它们

留头不留发

每次理发
我都会闭上眼睛
认真倾听
剪刀嚓嚓嚓的声音
碎发纷落
往事纷落
那尚不可预知的未来
似乎也正在提前纷落
散乱的头发
让我想起了樱花和黄叶
想起了一些人
又一些人
想起了雾蒙蒙的大地和眼神
这是不是证明了
我是一个儿女情长的人
这是不是证明了
我是一个多愁善感的人
这是不是证明了
我是一个胸无大志的人
想起了这些

我却一句话都没说
这是不是证明了
我是一个沉默的人

庞华坚

笔名庞白，广西合浦人，著有《水星街24号》《天边，世间的事》等。做过海员、企业文员，现为副刊编辑。

阿鲁的手

听到快速穿过街市的行车声
就想到阿鲁，那把方向盘的手
巧手

读到魏碑结实整齐拙而纯
就想到阿鲁，那拿毛笔的手
嫩手

看到两三朋友接头般抽烟

就想起阿鲁，那派香烟的手
喔，多像兰花指

冷了，左手搓右手
就想起阿鲁，有一次表演刮胡子给我们看
靠，那完全是一双刽子手

喜欢那束光打在脸上

多么喜欢那束光，棍子一样打在我脸上
这让我想起童年
那些既平常无比又光怪陆离的往事
我为此相信一束光
是潜伏在时间深处的万千匹野马
不论有没有扬鞭的人
那些野马都会从苍茫大地纵情掠过
有时卷起漫天灰尘，有时只留下一道影子

他画出了

他画晨曦和晚霞
也画黑暗和悲伤
有时，他站在画布背后
有时，他站在画布里面
更多时候，他站在世界中央
他的脸被黑暗隐蔽着，多年后
终于成为黑暗一部分
多年后，他的背更加坚挺
媲美一块尚未成形的石碑
他一直在画
画人物，画风景
画世间万物
最后，他只画自己
一笔一画
严谨得像漆棺木
每一次下笔都顺理成章
而且充满关爱

第三辑 ╱ 长得像鹰的孩子

盘妙彬

1964年12月生，1986年7月从广西大学中文系毕业。参加诗刊社第二十届“青春诗会”，作品入选《中国新诗总系》《中国新诗百年大典》等权威诗歌选本，著有诗集《广西当代作家丛书·盘妙彬卷》《我的心突然慢了一秒》。现居广西梧州。

石头

一石头上刻觉悟，立于路口，此去四恩寺
一石头立在另一路口，上书超然，通往白云山顶

今天两块大石头
来我这里找回了它们的寂寞
我也辞掉了现实生活

青草被人踩来踩去

青草被人踩来踩去也是它的平常生活
走在草地上的人过普通日子，我是其中之一
晚饭后到江边散步
许多人和事也在我的肩膀和头上
踩来踩去
现在我出来换换空气
草是弯了，暂时地
人们走后它们很快又直起来
也许不是原来的直
一生都这样
人可不可以这样呢
那边很少有人踩来踩去的青草
长得很好，很直
一个拿剪刀的人正朝它们走去

名古屋寺的钟声

雨一直下得黑暗
雨在挖井
这是很多年前的一个冬天。很多年后
我听到名古屋寺的钟声在漫天白雪里
一声一声地把那个冬天的雨从井里打出来

然后，樱花开
然后，遥远中国的一座古寺叫醒门前的落叶

方　糖

1970年生，壮族，籍贯广西扶绥，童年在罗城度过，现居南宁。2004年触网，于腾讯学习先锋诗歌，“突围诗社”早期核心成员，作品散见于网络，纸刊亦略有发表。

秋日记事

阳光穿过花窗，稳稳地趴在屋内的墙上
跟阳光一起闯进来的还有鸟声
鸟儿们正在老榕树上进行每天的例会
发言很积极，讨论很热烈
时不时会插入一阵发动机的轰鸣和人类的声响
有点不和谐，但不影响会议进程

意外

早上看几组风景图片
感叹祖国山河美如画啊
美得陶醉
美得神往
心突突突突跑起了火车
拐个弯就到
下车一看
每片美丽的祖国山河前边
都站着几个乞丐人民
他们西装革履
胸前挂块塑料牌子
客客气气
问我要钱

杨　合

20世纪70年代出生，广西巴马人，毕业于河池师专中文系，现居广西金城江。广西民刊《南楼丹霞》发起人之一。有诗作入选《新世纪诗典》。

奇迹

在指北书城的通道
墙上挂着一幅地图
很不幸
我看见南方家乡的位置
被人用烟头烫了一个洞眼
就在我愤慨时
父亲打来电话
说是家乡刚遭受了一场大火

芒果

我家后院，有一棵芒果树
是父亲从临县移植来的，长势迅猛
枝繁叶茂的芒果树只开花不结果
见过的人都说，是一棵雄树，砍掉
父亲固执己见：它一定会结果
今年夏天，我的儿子
在芒果树下大吼一声：芒果
芒果树上真的吊着一个芒果

想起母亲的生日

今天是母亲六十五岁生日
想起小时候
我打碎一只饭碗时
母亲很恼火
但没有实际行动
只是反复说
你看，你看
想起结婚那时
我娶了一个外地女人
没和她商量
看着新来的儿媳妇
母亲慌乱地说
你看，你看
一直到现在
到今天，我还不知道
母亲让我看什么

牛依河

《西乡塘诗刊》主编。现居南宁。有诗入选《2002年中国大学生最佳诗歌》《2008年中国诗歌年选》《2009年中国诗歌年选》《广西现代诗选1999—2010》《2011中国少数民族文学年度选·诗歌卷》《2012年中国最佳诗歌》《中国年度优秀散文诗·2012卷》《2013—2014中国新诗年鉴》《2014—2015中国年度诗人作品精选》等选本。

和一个陌生盲人坐在一起

他说他不是一个天生盲人
他也曾经看见颜色，他厌倦了这种后来的单色
他问我贵姓，我说免贵姓黄
他说他喜欢这个颜色
我才注意到，他穿着一件黄色羽绒服
说着说着，他在公园的亭子里睡着了

屠夫

我的父亲身体很瘦小
但有一把锋利的屠刀
几十年来，不知有多少头猪
已躺倒在他的刀口之下
奔赴黄泉
几十年来，他一直沉默寡言
白刀子进，红刀子出

我十几岁时，一个同学
嘲笑我的父亲
说我父亲刀下冤魂无数
将来，肯定被打入十八层地狱
可我，从没恨过父亲
我永远是他的儿子
屠夫的儿子

民主路的早上

民主路真的很民主
民主路的早上，很自由
各色人等
上班的，可以边走路边啃面包
可以正视前方
可以侧目，观颜察色
不上班的，可以去公园遛狗
没有醒来的
身子套个麻袋，继续睡在路边
醒来时，蓬头垢面
喃喃自语
很自由

朱山坡

1973年8月出生，广西北流市人。早年主要写诗，2005年开始发表小说。著有长篇小说《我的精神，病了》《懦夫传》等，出版有小说集《灵魂课》《中国银行》《喂饱两匹马》《把世界分成两半》等，曾获得首届“郁达夫小说奖”等多个奖项，有小说被译介到俄、美、英、日、越等国。

呼伦贝尔大草原

这里有很多草
一望无际的草
我们不需要那么多的草
我踩，踩
踩踩踩踩
狠狠地踩

一棵一棵地踩死它们
他们都是道德败坏的人，恶贯满盈
却被捧上了天
窃取了好人才该得的荣誉
流氓、娼妇、惯偷、政客、奸商、诈骗犯
强奸犯、投机分子、谎言大师……
我们的城市有多大，他们的
舞台就有多大
这个城市如此混乱、肮脏
该怎么办
我踩踩踩踩踩
我们不需要那么多的草
我的鞋底沾满了湿漉漉的液体
但怎么看也不像是血
血的颜色是红的
他们欺骗不了我
我穿着这双鞋回到城里
装出若无其事的样子
不让他们看到我内心的慌张

一袋死老鼠

我对老鼠忍气吞声
很久了，是时候了
昨晚终于
谋杀了它们
清晨，下水道、阳台
床底、屋顶、厨房的缝隙
到处都是鼠尸
它们死得很难看
有的七孔流血，有的眼珠子涨飞了
它们死得并不轻松
有的还是孩子
毛发还没丰满
可能跑得也不快
我都把它们收拾到
一只塑料袋里
我首先想到的是
把这袋沉甸甸的礼物送给
我的邻居麻先科
一个骗子、流氓、政客
比一千只老鼠危害还大的人

但我还是决定不给别人增添麻烦
把它扔到
另一条街道的垃圾堆旁
离开的时候我才恶心地吐了
想到恶心，我赶紧
回头，厉声喝止正要打开袋子寻找食物的
一个疯子

我提着这袋子老鼠
穿街过巷，东张西望
直到晌午还找不到安放的地方

黄土路

原名黄焕光，1970年生，壮族作家。著有小说集《醉客旅馆》，散文集《谁都不出声》《翻出来晒晒》，诗集《慢了零点一秒的春天》等。现供职于《南方文学》杂志。

梦

我梦见那个长得像鹰的孩子
我一梦见他
他就飞走了

西餐

我把一个西红柿切了一刀，又切了一刀
把它们一片一片地吃下去
然后把一条小鱼也切成两段
分两口吃下
趁着新的菜还没上之前
我把树的影子也切了几片
把晃过的阳光也切了几片
还有对桌那位裸着肩膀的保加利亚女孩的目光
也切了一片
正准备混合着吃下去
这时一盘烤土豆丝就端上来了

古城钟楼

你听，种菜的人在敲钟
你听，倒马桶的人在敲钟
你听，拉车的人在敲钟
你听，驼背的人在敲钟
你听，小姐在敲钟
你听，山里的孩子在敲钟
你听，那回不了家的人在敲钟
你听，睡觉的人在敲钟
你听，那么多死去的人在敲钟
你听，神在敲钟
你听，世界在钟声中睡着了

张黄成

笔名周蒙，1985年生，广西柳州人。2009年毕业于江西景德镇陶瓷工艺美术职业学院电脑艺术设计系。种过地，打过工，做过广告设计师，开过画室，现专门从事壁画工作。

房子

时代广场上发广告的姑娘并不漂亮
也不算性感，她只是白
但我能想象
她在我精心布置的房子里
哄孩子睡觉的动人模样
她转过身来正要唤我
可我看了看广告上的房价
默默走开，给自己点了一支烟

接受河流的亲吻

那些干苦力的人喝水
都把头昂得很高
面朝天空
把水直直地灌进嘴里
咕噜，咕噜，咕噜
咕噜噜，咕噜噜，咕噜噜
每次在喉结的欢歌声里
我都看到
一只野兽
在远处引颈
接受河流的亲吻
低头和昂首
没有不同

戈　鱼

原名李华武，毕业于埌南中学，广西藤县人。在《橡皮·中国先锋文学》《上海文学》《中国诗歌》（宗仁发、曲有源编）等处发过少量的诗及随笔。

鸟，或叶子

树上长满了
叶子。青青的颜色
被一棵普通的树
一再描述

被一只鸟儿看到
被两只鸟儿看到
一棵普通的树上
落下了三只闪亮的鸟儿

附近的一间房子里
一个人在喝酒
午后散淡的阳光
落在酒杯修饰的脸上

从屋子里望出去
刚好能看到闪亮的
鸟儿。三只，或一只
其意义是一样的

是鸟儿，使喝酒的人
看到了这棵树。一只鸟儿
比树上所有的叶子
都重要

叶子动了一下
局部的叶子动了几下
动了的叶子。喝酒的人只想着

鸟儿消失的远处。三只鸟儿
消失在叶子无法看到的远处
一棵普通的树

恢复了遗忘

喝酒的人继续
喝酒。光洁的杯沿
点燃了动感的双唇
像擦亮了两只
飞翔的翅膀

喝酒的人没有看到
树上的那些叶子
正以另一种方式
在静静地飞翔

猴三年没洗澡了

猴在搔痒
猴三年没洗澡了
猴坚持不洗澡
已经三年了
三年了你天天经过动物园
你见过淋雨的猴子
你没见过洗澡的猴子
你每天走远一点
也要经过动物园
但不是每次经过
你都能看到张美丽
张美丽长得好看又美丽
尤其在躬身弯腰的时候
尤其美丽好看
你美滋滋看着张美丽
美滋滋地想如果能握一握张美丽的小手
三天不洗也不是个
很困难的事情
但这又该如何解释
猴三年来的坚持

划 痕

本名罗秀花，壮族人，1980年出生于广西巴马县。《AAA广西诗歌年度排行榜（2015）》十佳诗人。

一只只

张三吃素
牛也是
马也是
羊也是
猪有时候也是

李四食肉
狼也是
老虎也是
狐狸也是

狗大多数时候都是

蜗牛把房子背在身上
黄五也是
陈六也是
张七也是
周八也是

鸟会鸣叫
猪会哼哼
狗会吠
狮子和老虎会吼
这些声音，白九黑十以及所有人都会

侯　珏

原名侯建军，1984年生于广西三江县。大学期间开始发表诗歌，著述若干。现供职于南宁文学院《红豆》杂志社。

人物

开会、总结、写报告
读文件，周旋于领导和部门之间
在卫生间，艰难地撒尿
洗手、照镜子，呕吐应酬之物
高傲地指点经济、农业和秘书
像敢死队那样肩负光荣使命
把前年种的树木拔掉，换上甘蔗
花朵、草皮和现场会
或者抛弃原配、家庭和玫瑰
嘴里挂着指标、命令、服从和出差

只有开始，永远没有结束
幸福的领导们骑虎难下
在名叫升迁的铁笼里，举杯
献身于为人民服务

沈天育

本名邓小英，1990年2月生，广西河池凤山县人。现就读于广西民族大学海洋与生物技术学院。有诗作发表于《AAA广西诗歌年度排行榜》。

桥下

建桥工人
光着膀子
在桥下歇息
如同故乡火灶上
一条条油亮的
腊肉

陈振波

1987年生，广西北流人。2013年毕业于西南大学中国新诗研究所，文学硕士。现为广西中华文化学院教师。著有诗集《猫科动物》。

记忆碎片

当我们谈到艺术
春天正在发生
天变暗，灯却没有亮

在十字路口
电单车就是生存的政治
一种看似十分生猛的动物
又极易被撞翻

“哥们儿，你还可以
更加凶狠一些，尤其是
对待一种激进的艺术。”我想这么
告诉自己

“就像电单车一样吗？”

“不，像一辆超载
又超速的重型卡车！”

但当我停下来思考这一生的技能
我找不到一个词
可以让我更像自己

但我们确实提到了艺术观念的问题
在这样一个充满欲望的春天

“妈的，确实不能再耽搁了
要让自己像坦克一样，轧过去！”

贡　马

出生于20世纪60年代，曾有诗作见刊于《自行车年刊》《诗刊》《诗选刊》及《诗歌月刊》等，现居桂北山区小城。

水果贩子唐老三

水果贩子唐老三，今年五十四
县城北街里居民。别的事他做不来
卖水果简单，他就卖上了水果
早上八点出门，晚上十点回家
关上门，他先将装钱的盒子交给老婆
然后独自一人蹲在厨房里
吃饭，喝酒。酒足饭饱
他摇摇晃晃来到阳台
仰起脑袋，对着漆黑的天

开始骂娘。声嘶力竭，含糊不清
谁也不知道他究竟骂了些什么
一个人稀里糊涂骂一阵
直到嗓门越骂越小，声音越骂越低
最后他坐在阳台上，靠着墙壁
慢慢地睡了过去。这时，他老婆
就会走出房来，将他扶到床上
为他脱衣脱鞋，洗脚洗身子
而他躺在床上，打着呼噜
早已睡得人事不知，没有一点感觉

晨　田

1984年生，广西都安人，2006年开始诗歌写作，自行车诗群成员，现居南宁。

两只鸡

两只鸡装在竹编的笼子里，东张西望
两只东张西望的鸡，不敢叫出声音，互相往后挤着
在阳台上
我喂它们水和稻米。母亲电话叮嘱：最好
现在就杀了它们
留着几天就瘦了，没有肉。我蹲下
看到两只鸡的慌张
这是两只坐着汽车翻山越岭的鸡，经过
乡村无数的夜晚和白天
母亲的手

无数次抓过它们，作为
一只鸡的命运，它们多了
些许奔波
在乡村公路
经过安检站，在汽油味的黑暗中
经历漫长的高速公路
又挤上公交车，转
到我的手中，夜晚已经来临
而这没有它们的窝了
我看见它们的恐慌
我转身起来去烧开水
在厨房磨刀，当我拎起笼子
我又看见两只鸡的恐慌
那决不是面对菜刀的恐慌

费　城

原名韦联成，80后，青年诗人，著有诗集《往事书》。现居南宁。期刊编辑。

拆一架自行车

现在
我开始动手拆
一架破旧的自行车
在院子里
我一阵叮叮当当
把这些废旧的零部件
一个个拆开、踏遍
再一股脑儿
搬到前街废品站
过秤。换回五个铜板

我手握钱币
心头有种欲哭的冲动
看着满地滚动的
破铜烂铁
我想起那年秋天
从岗上
拾回的父亲的
骨殖

海　马

本名黄允旗，壮族。作品散见于各类华文文学刊物，有诗入选部分诗歌精选版本和广西少数民族文学作品展、广西诗歌双年展。著有诗集《浪浴》(2003)、《海马诗选(1994—2014)》等。

宰只大阉鸡过年

年三十
我宰了只大阉鸡
山上放养，味道清香
大年初一不杀生，我泡茶写字
大年初二我宰了只大阉鸡
是家鸡，味纯正
大年初三我又宰了一只
我宰鸡时想支开儿子

我担心我宰鸡割颈放血的残忍
伤了孩子六岁的眼
僵尸来咯——儿子跑过来
我诧异儿子眼里没有丝毫恐惧
儿子一脸真稚问，爸爸爸爸
这是鸡妈妈还是鸡爸爸
鸡长大了是给人吃的对不对
我愣了一下说是只阉鸡
我本想要跟儿子说
阉鸡不是鸡爸爸
不是公鸡
阉鸡不会下蛋
不会下种
阉鸡貌似肥硕强大
但不会打架，又不敢自杀
爸爸只好把它给杀了
可我没说
什么也没说

石　语

原名陈义科，70后，现为来宾市兴宾区寺山镇中心小学教师。诗歌作品散见于《广西文学》《红豆》《麒麟》《安徽文学》等各级刊物，“广西麻雀”诗群成员。

习惯

打开新买来的一盒烟
除非刻意，否则
我抽出的烟，必定是
第一排第四根
无论从左边
还是从右边数起
都是那根

有一天

我突然对这个问题
认真起来
不禁哀吼一声：
完了！

石仲安

壮族，80后，广西上林县人，系红门书院写作营成员。现居南宁市。

忍冬花

也叫金银花
伸手去采摘的时候
花朵正饱满，颜色正鲜艳
仿佛草本的药用纯度
此刻达到了最高
正午时分
我们踩着自己的影子下山
因为背着整座山的金和银
我们的步伐
沉重而稳健

周统宽

壮族，1966年生于广西融安县，著有诗集《枯水期的鱼》。作品散见于《广西文学》《诗歌月刊》《红豆》《大河》诗刊、《北欧时报》（瑞典）和《常青藤》诗刊（美国）等。另有诗作入选《华语诗歌年鉴（2013—2014卷）》《21世纪世界华人诗歌精选》等选本。

黑猫白猫

白猫将抓到的耗子
标记为白色
黑猫将抓到的耗子
标记为黑色
在这之前，我以为
白猫只抓白耗子
黑猫只抓黑耗子

中 国 先 锋 诗 歌 地 图 书 系

第 一 批 出 版 书 目

北京卷 · 陕西卷 · 天津卷 · 广东卷 · 广西卷

磨铁读诗会